tāo bāng

1. DE ZEVENDE CIRKEL

TEKST: OLIVIER VATINE EN DANIEL PECQUEUR
TEKENINGEN: FRED BLANCHARD EN DIDIER CASSEGRAIN
KLEUR: DIDIER CASSEGRAIN

ARBORIS

Voor Pascal and the gang!
F.B. en D.C

Met dank aan Edith Wolbert en Philippe Naulot.
O.V.

Tao Bang 1 is een uitgave van Arboris BV, 7021 BL Zelhem, Holland
© 1999 Editions Delcourt
© 1999 Nederlandse editie Uitgeverij Arboris
ISBN 90 343 2912 7
Vertaling: Joke van der Klink
Arboris op internet: www.arboris.tsx.org (informatie)
en www.exult-import.com (postorder)

3

4

VROUWE ELLORA! VROUWE ELLORA!

HM...

ER IS EEN SCHIP DE HÀVEN BINNENGELOPEN! ZAL IK TEGEN DE MEISJES GAAN ZEGGEN DAT ZE ZICH KLAAR MOETEN MAKEN?

TSS! TSS...! *ADINATH*, KLEINTJE, ALS JE EENS WAT BETER DOOR DAT KIJKGLAS VAN JE ZOU TUREN, DAN ZOU JE ZIEN DAT HET EEN SCHIP IS VAN DE VLOOT VAN *AD ARPHAX*, DE DRAKENSJEIK...

...EN HET ZOU ME ZÉÉR VERBAZEN ALS HIJ EEN VAN ZIJN BEMANNINGEN TOESTEMMING ZOU GEVEN PLE- ZIER TE GAAN MAKEN BIJ EEN *CONCURRENTE!*

ACH, STIK...

...EN IK DACHT NOG WEL DAT ER BETERE TIJDEN KWA- MEN!

5

...BEGRIJPELIJKE LEUGENS, DAT WEL... JE PROBEERT TWEE VAN JE MATROZEN TE HELPEN ONDER HUN VERDIENDE STRAF UIT TE KOMEN...

...MAAR HET BLIJVEN LEUGENS!

U HEEFT KENNELIJK AL GEHOORD WAT ER GEBEURD IS... DAN WEET U ONGETWIJFELD OOK DAT IK DE SCHULDIGEN IN DE BOEIEN HEB LATEN SLAAN!

IK BEN DEGENE DIE BE-SLIST OVER DE HOOGTE VAN DE STRAFFEN EN HOE DIE TEN UITVOER WORDEN GEBRACHT, KAPITEIN...

... *IK* MOET BE-SLISSEN OVER HUN LOT... EN HET UWE!!

IK MOET DE KNOOP DOOR-HAKKEN!

LUITENANT!

...OH, NEEM ME NIET KWALIJK, IK BEDOEL *'KAPITEIN'...!* NAMENS DE SJEIK KAN IK U ZEGGEN DAT U ZOJUIST PROMOTIE HEEFT GEMAAKT! ...

?!

7

8

DWING ME NIET JE EEN PAK RANSEL TE GEVEN, OUWE ZAK! DE SJEIK HEEFT ER EEN HEKEL AAN GEVANGENEN TE MOETEN MARTELEN DIE AL ERG TOEGETAKELD ZIJN!

SLIK...

...HET KRUIT!

...KOM ER MAAR UIT, MAAR HÉÉL LANGZAAM!

HUM... KESH, IK DENK DAT WE MAAR BETER KUNNEN DOEN WAT DIE OFFICIER ZEGT...

...DOORLOPEN! OPSCHIETEN!

WAT BEZIELT JOU NU WEER? HIJ IS IN Z'N EENTJE, WE KUNNEN HEM MISSCHIEN W...

KOP DICHT EN LOPEN!

??!

?!

10

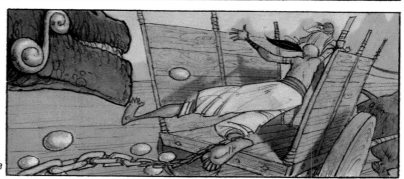

AAAAH!

AIE! MIJN BEEN!

ALS WE DIT OVERLEVEN IS MIJN BEEN RIJP VOOR AMPU-TATIE!!...

NIET MEKKEREN, HELP ME LIEVER NAAR BOVEN TE KLIMMEN!

OVER EEN UUR STIKT HET HIER VAN DE SOLDATEN...

...IK ZOU HIER MAAR NIET TE LANG BLIJVEN PLAKKEN...!

...KOM MAAR MET MIJ MEE!

14

IN DAT GEVAL ZULLEN MIJN PATROUILLES ZE VROEGER OF LATER WEL VINDEN!

HET KAN MISSCHIEN OOK *SNELLER!*

HOE DAN?

HIERMEE!

WAT?! EEN DOODGEWONE DIMORFODON?!

PRECIES! ...GEEN MENS KOMT OP HET IDEE DAT DIT DIER IN WERKELIJKHEID EEN *SPION* VAN UWE EMINENTIE IS!

LEG EENS UIT, *NAGAR...*

IK HEB ZIJN GEESTELIJKE POTENTIEEL VERBETERD DOOR ZIJN VISUELE GEHEUGEN TE VERGROTEN EN BOVENDIEN HEB IK HEM LEREN PRATEN! HIJ IS SNEL EN ONOPVALLEND EN KAN DUS OVERAL RONDSNUFFELEN! DAARNA HOEVEN WE ALS HIJ TERUG IS ALLEEN MAAR DIT TOUWTJE LOS TE MAKEN OM EEN VOLLEDIG VERSLAG VAN HEM TE KRIJGEN!

13

16

"HEEL GOED... DOE MAAR WAT JE DENKT DAT HET BESTE IS... IK GA WAT RUSTEN IN MIJN PRIVÉ- VERTREKKEN..."

"MOGE DE NACHT U VEEL GEMOEDSRUST BRENGEN, O SPIEGEL DER GODEN. IK SPEUR DIE VLUCHTELINGEN WEL VOOR U OP!"

15

EN JIJ, LIEF KIND... ALS JIJ ONS NU EENS VER- TELDE WAAROM *AD ARPHAX* EN JULLIE BAZIN ELKAAR NIET KUNNEN LUCHTEN OF ZIEN?

EH... TJA... EH... IK WEET NIET OF IK DAT WEL MAG...

NOU, ADINATH?

GOED, VOORUIT DAN MAAR, ALS JULLIE ME BELOVEN DAT JULLIE ZULLEN DOEN OF JULLIE NERGENS VANAF WETEN ALS ZIJ HET JULLIE OP HAAR BEURT NOG EEN KEER VERTELT!

BELOOFD, BIJ KERNOK!

OM DE HUI- DIGE SITUATIE GOED TE KUNNEN BEGRIJPEN...

...MOETEN WE TERUGGAAN NAAR HET ONTSTAAN VAN DE ELLORA-DYNASTIE, ROND HET EIND VAN DE VORIGE EEUW...

...IN DIE TIJD WAS *XARNATH* NOG MAAR EEN KLEIN VISSERSHAVENTJE...

ELLORA - DE EERSTE MET DIE NAAM - WAS NOG MAAR EEN TIENER EN HAD EEN BAANTJE ALS KOKKIN IN DE FAMILIEHERBERG...

NA HET OVERLIJDEN VAN HAAR OUDERS - DIE ZE PER ONGELUK VERGIFTIGD HAD MET EEN HACHEE VAN BEDORVEN MOSSELEN - ERFDE ZE DE TAVEERNE, DIE ZE EERST OMBOUWDE NAAR EEN DANSLOKAAL EN LATER NAAR EEN BORDEEL...

DOOR HET ONTSTAAN VAN NIEUWE HANDELSROUTES WERD HET DORP AL SNEL EEN BELANGRIJK KNOOPPUNT... ER KWAMEN STEEDS VAKER KARAVANEN VANUIT DE WOESTIJNEN IN HET OOSTEN EN DE HANDELSHUIZEN SCHOTEN ALS PADDESTOELEN UIT DE GROND. ROND DIEZELFDE TIJD WERD *ELLORA II* – DE GROOTMOEDER VAN ONZE BAZIN – DE MAÎTRESSE VAN EEN RIJKE HANDELAAR, DIE VOOR HAAR HET PALEIS LIET BOUWEN WAARIN WE ONS NU BEVINDEN: *DE SPRINGVLOED*...

...EN OOK HET REUSACHTIGE BEELD BOVEN DE HAVENMOND.

DE SPRINGVLOED BELEEFDE EEN AANTAL VETTE JAREN ONDER DE LEIDING VAN DE MOEDER VAN VROUWE ELLORA – EEN HEILIGE VROUW, KERNOK ZIJ GELOOFD EN GEPREZEN!

HELAAS MAAKTE DE RAAD VAN DE DOGEN – MOGE GERROTHORAX HUN ZIELEN VERSCHROEIEN – EEN EINDE AAN DIE GOUDEN TIJD TOEN ZE EEN PROVOOST IN DIENST NAMEN DIE DE PROSTITUTIE IN GEORDENDE BANEN ZOU MOETEN GAAN LEIDEN...

...EN IN DIE FUNCTIE WERD *AD ARPHAX* AANGESTELD!

AAN TAFEL!!

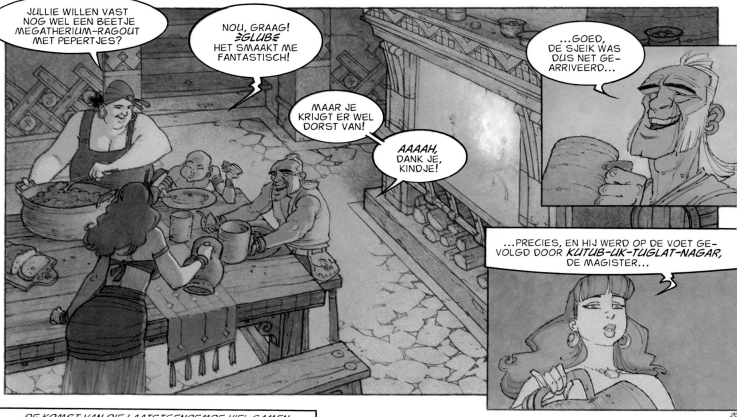

23

...MAAR DE MENSEN ZIJN DOL OP NIEUWE DINGEN EN DIE KLEINE ETTERTJES TROKKEN ENORM VEEL BEKIJKS!

NIET DUWEN, DAARACHTER!

...TERWIJL HIJ IN ZIJN EIGEN ZAAK DE PRIJZEN KUNSTMATIG LAAG HIELD BEDOLF HIJ DE CONCURRENTIE ONDER HEFFINGEN EN BELASTINGEN.

...VAN ALLE HUIZEN VAN PLEZIER VAN XARNATH-HAVEN WIST ALLEEN DE SPRINGVLOED AAN EEN FAILLISSEMENT TE ONTSNAPPEN...!

WIJ HEBBEN IN LEVEN KUNNEN BLIJVEN DANKZIJ ONZE VASTE KERN VAN KLANTEN, DIE ONS ONDANKS DE LAGERE TARIEVEN VAN DE ZEVENDE CIRKEL TROUW ZIJN GEBLEVEN!

LOGISCH! WAAROM ZOU JE DAAR GAAN ZOEKEN TERWIJL JE HIER ALLES WAT JE HARTJE BEGEERT ONDER HANDBEREIK HEBT?!

27

HET *EILAND VAN DE SIRENEN* STAAT OP GEEN ENKELE KAART!

EN TOCH BESTAAT HET!

?!

ALLEEN MAAR IN DE VOLKS-VERHALEN! HET IS EEN SPOOKEILAND DAT ONGETWIJFELD VERZONNEN IS DOOR EEN STELLETJE GRAPPENMAKERS DIE TEVEEL GEDRONKEN HADDEN!

SONGSHAN WAS BEPAALD GEEN GRAPPENMAKER EN OOK GEEN DRONKAARD!

DIE NAAM HEB IK NOG NOOIT GEHOORD. WIE IS DAT?

DE VECHTMONNIK DIE MIJ ALS WEES IN HUIS GENOMEN HEEFT. HIJ HEEFT ME OP ZIJN STERFBED DIE MAGISCHE STEEN GEGEVEN.

HIJ HEEFT ME GEZEGD DAT DE STEEN ME NAAR HET EILAND VAN DE SIRENEN ZAL LEIDEN, ALS VOOR MIJ DE TIJD IS AANGEBROKEN OM TE GAAN TROUWEN.

HAHAHA! ...DIE HEEFT JE MOOI IN DE MALING GENOMEN! OF HIJ WAS AAN HET IJLEN, DIE ARME STAKKER! HAHA!

26

HAHAHA DIE HEEFT JE NOOI IJDEMALINGGENOMEN OF HIJ WAS AAN HET IJLEN DIE...

28

27

DOORWERKEN! WE MOETEN ONS ALS DE DONDER INSCHEPEN, VOOR-DAT DE SOLDATEN VAN *AD ARPHAX* ONS IN HET SNOTJE KRIJGEN!

DENK JE DAT ZE ONS NOG STEEDS ZOEKEN?

NOU, REKEN MAAR! ZE ZUL-LEN ER VAST EN ZEKER NIET BLIJ MEE GEWEEST ZIJN DAT WE GISTERMIDDAG UIT HUN HANDEN WISTEN TE BLIJVEN!

...EN ALS WE ZE TEGEN HET LIJF LOPEN ZIJN WE NOG NIET·JARIG!

ZO VROEG IN DE MORGEN LIJKT DE KANS ME NIET GROOT! DE HELE STAD LIGT NOG TE SNURKEN... EN DIE SOLDATEN ZEER ZEKER!

...VOLGENS MIJ LOPEN WE GEEN ENKEL RISICO... DIT GEDEELTE VAN DE HAVEN WORDT NIET MEER GEBRUIKT EN ER KOMT HIER NOOIT MEER IEMAND! TENMINSTE, DAT ZEI *VROUWE ELLORA!*

ARME VROUW... EN DAN TE BEDEN-KEN DAT JE HAAR MET HAAR LAATSTE GELD DIT PIEREMACHOCHELTJE HEBT LATEN KOPEN!

IK HEB HAAR NIETS LATEN KOPEN! ZE HEEFT ZELF AANGEBODEN ME TE HELPEN, DAT IS IETS HEEL ANDERS! IN RUIL HEB IK HAAR BELOOFD EEN STEL SIRENEN MEE TERUG TE NEMEN!

WELKE VAN DE TWEE HEEFT DIE STEEN IN Z'N BEZIT? DIE OUWE?!

NU GAAT HET TUSSEN ONS, *NORDEN!* HIER HEB IK AL ZO LANG OP GEWACHT!... IK MOET JE NOG HET EEN EN ANDER BETAALD ZETTEN, MANNETJE!

VINDT U DAT NIET *VREEMD?*

WAT?

DAT TAO BANG ZO INEENS VAN MENING VERANDERDE?!

ALLEEN IDIOTEN VERANDEREN NOOIT VAN MENING!

DAT WEET IK... MAAR TOCH VIND IK DAT NIETS VOOR HAAR! NORMAAL GESPROKEN IS ZE VEEL KOPPIGER. ALS IK U WAS ZOU IK EXTRA WAAKZAAM BLIJVEN... IK DENK DAT ER IETS ACHTER ZIT DAT WIJ NIET WETEN!

35

EN? GEEFT DIE VERDOMDE STEEN VAN JE AL IETS AAN?

NEE, NOG STEEDS NIET! HEEL MERKWAARDIG...

HOEZO MERKWAARDIG?! DAT BEVESTIGT DAT IK GELIJK HAD OM TE TWIJFELEN AAN DAT DING! GEEF HET NOU MAAR TOE! DIE STEEN IS HELEMAAL NIET MAGISCH! HET IS EEN *DOODGE-WONE KIEZELSTEEN* EN VERDER NIETS!

DAT KAN TOCH NIET?! WE HADDEN VOOR MINSTENS *EEN WEEK* ETEN MEEGENOMEN... EN WE ZIJN NOG MAAR EEN *DAG OF DRIE* ONDERWEG!

...GEEF HET NOU MAAR OP, HET IS VERSPILDE MOEITE! ...ALS JE HET MIJ VRAAGT KUNNEN WE BETER RECHTSOM-KEERT MAKEN, DE VOORRADEN BEGINNEN AL FLINK TE MINDEREN!

NU AL?

WEET IK! MAAR WE HEBBEN ER NIET OP GEREKEND DAT WE MET *ZES* MAN ZOUDEN ZIJN!

HOE BEDOEL JE? IK TEL ER MAAR *DRIE!*

WELNEE, WELNEE! *KIRIN, IK,* EN *JIJ,* DIE VOOR *VIER* EET! DAT MAAKT SAMEN *ZES!*

34

?!

T...
TAO ?!

KENNEN JULLIE
ELKAAR?!

JAZEKER!
WE ZIJN OUWE
KENNISSEN!

38

42

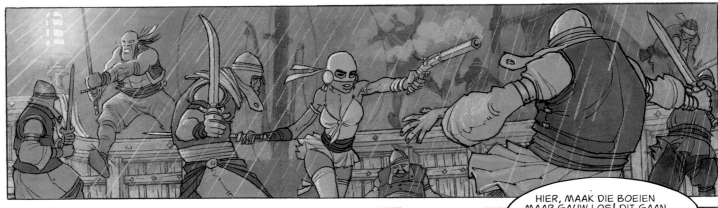

"WE HEBBEN DIE TRUC NOG EEN KEER OF WAT HERHAALD, IN DE MAANDEN DAARNA... MAAR TOEN, OP EEN DAG..."

44

EINDE
VAN DE EERSTE
EPISODE